L'INCREDULE

AU JUGEMENT DE DIEU,

POËME.

L'INCREDULE

AU JUGEMENT DE DIEU,

POËME.

A PARIS,

Chez PRAULT fils, Quay de Conty, vis-à-vis
la descente du Pont-Neuf, à la Charité.

M. DCC. XLIII.

L'INCREDULE

AU JUGEMENT DE DIEU,

POËME.

QUE ta Beauté ravit, chaste Religion !
Qui me transportera dans cette Région,
Sous ces sacrés Lambris, marqués par la Victoire,
Que l'Arbitre des Cieux réserve pour ta Gloire,
Tandis que loin de toi, l'Impie avec ses Crimes,
Se verra foudroyer dans le fond des Abîmes,
Er qu'il reconnoîtra ton souverain Pouvoir,
Moins par tes Traits vengeurs, que par son désespoir

Il va naître ce Jour, ce Jugement terrible,
Ce Bonheur ineffable, & ce Tourment horrible.
Il va naître pour vous, Homme juste ou pervers;
Pour Vous à chaque instant, se dissout l'Univers.

A ij

O Trône innacceffible! O fatale Lumiere!
S'écrîra l'Incredule au bout de fa Carriere.
Quels feux m'ont pénetré! Je crois. Je vois. Je fens,
L'augufte Vérité fe découvre à mes Sens;
Près d'Elle j'aperçois cette Fille célefte,
Qui m'eût été propice, ... & me devient funefte;
Qui me fait concourir à fa féverité,
Et de fon Jugement, avoüer l'Equité.

Fut-Elle fans éclat, dans le cours de ma vie?
Mon Incredulité l'auroit-Elle obfcurcie?
L'Aftre refplendiffant, qui régne dans les Cieux,
En éclairoit-il moins, quand je fermois les yeux?
Je répandis fur Elle un voile volontaire;
J'éteignis fa clarté, pour moi fi falutaire . . . . .
Mais non. J'ai vû briller fes Rayons fouverains,
Et pour les éclipfer mes efforts étoient vains:
Elle perçoit le voile; & fa vive Lumiere,
Souvent a malgré moi défillé ma Paupiere.
Que de traits éclatans, lancés de toutes parts,
Venoient frapper alors d'infenfibles regards!
Que n'aurois-je point vû, fi ma Raifon rebelle,
N'eût voulu s'égarer de ce Guide fidéle!

Invifible à mes yeux par fa propre fplendeur,
Dieu retraçoit par tout fa fuprême Grandeur.
Une Voix, dans mon fein, prompte à le reconnoître,
L'atteftoit vivement pour l'Auteur de mon Eftre.

Avoüoit, Dieu Puiſſant, qu'envers Toi, mon amour,
Etoit de tes Bienfaits, un trop juſte retour.

  Un Culte eſt ſur la terre, & ſa Flâme Divine,
Eut avec l'Univers une même origine,
Du premier des Humains il embraza le cœur,
Et le dernier Mortel ſentira ſon ardeur.
D'un pas toûjours égal, il franchit tous les âges,
Sa brillante carriere eſt pure & ſans nuages :
Le Ciel entend ſa voix : des Prodiges puiſſans,
Subjuguent ſans retour, la Raiſon par les Sens.
Ouvrage du Très-Haut, il en porte l'Empreinte,
Il répand dans les cœurs ſon Amour & ſa Crainte,
Rend l'Homme révolté, ſoumis à ſon Auteur,
Le délivre du Joug d'un Monde ſéducteur,
Enfante les Vertus, anéantit les Vices,
Et fait éclore enfin, d'immortelles Délices.

  Qu'ai-je fait ? Malheureux ! Ce Culte ſi parfait,
De ma cenſure, hélas ! fut l'éternel objet.
Suivant avec ardeur, la fiére Indépendance,
Séduit par les attraits de la molle Indolence,
Mon Eſprit lâche & vain, ne ceſſoit de ſévir,
Contre une autorité qui vouloit l'aſſervir.

  J'érigeai dans mon cœur, un Tribunal impie,
Où je fis préſider ma Raiſon aſſoupie ;

Devant-Elle auſſi-tôt, je citai mon Auteur,
J'oſai de ſes Decrets ſonder la profondeur,
A mon eſprit borné je réduiſis ſa ſphere,
L'Eſtre par le Néant reçût une Barriere.
Mes Penchans criminels, mon Orgüeil, mes Excès,
Sacriléges Témoins, dépoſoient au Procès,
Ils accuſoient ce Dieu, d'une rigueur extrême,
Au mépris de ſes Loix ajoûtoient le Blaſphême,
Les faiſoient annuller au gré de mes fureurs,
Et ſur leurs Saints débris élevoient mes Erreurs.
C'eſt ainſi qu'éclata mon audace Incredule.
Telle fut, (j'en frémis!) l'Inſolente formule,
Que j'admis pour braver l'Empire de la Foi,
Et juger follement, entre le Ciel & moi.
De ce noir attentat j'oſois tirer ma gloire,
Mes Sens plus déreglés, ſignaloient ma Victoire.

Mais pour les réprimer, un autre Tribunal,
Un Juge domeſtique, integre, capital,
Me faiſoit du premier, ſentir l'Incompétence,
Et plus autoriſé, revoquoit ſa Sentence.
C'étoit cette Lumiere, * & ce Rayon perçant,
Qui dans tous les Climats, luit ſur l'homme naiſſant.
C'étoit, c'étoit ce cri de la Loi primitive,
Si prompt à rappeller la Raiſon fugitive.
Ha! Lorſque cette Loi, dans mon cœur révolté,
N'en exerçoit pas moins ſa ſainte Autorité,

* *Erat lux vera, quà illuminat omnem hominem venientem in hunc mundum. J. Cap.* 1.

Que de mes Paſſions, toute la violence,
Ne pouvoit un inſtant, la contraindre au ſilence,
Ni jamais la forcer dans ſes Retranchemens :
Avois-je donc beſoin de plus forts argumens ?
Et devois-je douter que le Culte ſublime,
Qui la cimenté en nous, qui l'épure, l'anime,
Rend plus féconds encor, ſes rameaux précieux,
Ne fût divin, comme Elle, & deſcendu des Cieux ?

Deux Monumens ſacrés, en conſervent l'Hiſtoire.
Le premier au ſecond, n'eſt que préparatoire.
Sans le ſouffle divin, qui tous deux les remplit,
L'un n'auroit pû prévoir, ce que l'autre accomplit.
Le Hazard ne ſçait point prononcer des Oracles.
Le Hazard ne ſçait point opérer des Miracles,
Ni former à propos, ces Révolutions,
Viſible Dénoûment de cent Prédictions.

Mais, fertile en détours, que ne peut le Menſonge !
Un Syſtême ſuivi, de ſa part n'eſt qu'un Songe.
L'Impoſture ne peut, dans le cercle des Temps,
Enchaîner à ſon gré, mille faits éclatans.

Combien ceux qui devoient captiver ma Créance,
D'une divine main, marquoient-ils la Préſence !

Douze hommes ſans crédit, ſans naiſſance, ſans bien,
Perſécutés du Juif, abhorrés du Payen,

Vont annoncer ces Faits, fans que rien les arrête,
Et méprifés du Monde ils en font la Conquète.

Soyez Juftes & Saints, difent-ils aux Mortels.
De vos cœurs épurés, formez autant d'Autels,
Où Dieu, qui vous prévient d'un regard falutaire,
Se plaife d'habiter, comme en fon Sanctuaire.
O célefte Doctrine! O langage fécond!
C'eft en obéiffant que l'Univers répond.

Le Juif & le Romain, le Grec, l'Afiatique,
Le Scyte, le Gaulois, l'habitant de l'Afrique,
Si différens de Mœurs, de Lois, de Préjugés,
Sous le Culte nouveau, déja fe font rangés.

On adopte par tout des maximes aufteres,
On croit fans héfiter, d'inéfables Myfteres,
On les croit; & les Fers, les Supplices, la Mort,
Pour en ôter la foi, ne font qu'un vain effort.
Qui me l'a donc ravie? Et pourquoi dans le calme,
N'ai-je pû moiffonner une tranquille Palme?
N'ai-je pû conferver ce Dépôt précieux,
Qui me fut au Berceau, tranfmis par mes Ayeux?

Hé! quels font les Autels qu'il me falloit abattre?
Où font les Préjugés que j'avois à combattre?
Les Peines, les Travaux que j'aurois dû fouffrir,
L'opprobre dont mon front fe feroit vû flétrir?

Falloit-il éprouver de fâcheufes Détreſſes,
Sacrifier mon Rang, mes Honneurs, mes Richeſſes,
M'arracher fans regret, aux Auteurs de mes Jours,
Immoler dans mon cœur, les plus chaſtes Amours;
Et Victime bien-tôt de la Haine publique,
Me préfenter aux Coups d'un glaive tyrannique?

La Foi n'a point ainfi troublé mon horizon.
Sous un Ciel plus ferein, j'ai recueilli ce Don.
L'Encens qui s'éleva de ces grands Sacrifices,
Des Elûs du Seigneur confacra les Prémices.
Pour ces rudes Combats, ces pénibles Travaux,
Il falloit un Courage & des Hommes nouveaux.

Le Profélyte apprend à vaincre la Nature,
Il fçait en étouffer jufqu'au moindre murmure;
Et la Croix qui conduit en cent lieux differens,
Ses premiers Amateurs au milieu des Tyrans,
Qui produit à ma foy, ces Témoins refpectables,
Les dépouillant de Tout, les rend irréprochables.

De quel droit ai-je pû, plein de témerité,
Accufer d'impofture ou de crédulité,
Du Menfonge odieux, les plus grands adverfaires;
D'Evenemens publics, les Témoins occulaires,
Qui bravant tous les traits qu'on ofe leur porter;
Difent ce qu'ils ont vû, meurent pour l'attefter?

Difperfés, & toûjours prêts à fe reconnoître,
Leur mot de rallîment eft la Croix de leur Maître;
Cette Croix, leur opprobre, & leur gloire à la fois,
Qui paffe de leurs mains, fur la tête des Rois.

Du Dieu qui les foûtient, la Vertu fe déploie.
Le Mal fuit devant eux. Le Tombeau rend fa prûie.
Arbitres du Pouvoir qui régne dans les Cieux,
Pour convaincre l'Efprit, ils démontrent aux yeux,
Argument décifif, & d'où la Providence,
Sans étude & fans art, fait naître l'Evidence.

Ainfi l'on voit en eux concourir à jamais,
Les Faits à la Doctrine, & la Doctrine aux Faits.
Les traits victorieux de leur Sainte morale,
Portent les derniers coups à l'Erreur infernale.
Que de Vices détruits, de Monftres abattus!
Le Fanatifme eft-il le centre des Vertus,
De l'aimable Candeur, de la pure Innocence,
De l'Amour le plus vif pour la Toute-Puiffance,
Du zéle pour le Bien, de l'horreur des Forfaits,
De l'exacte Equité, de l'Ordre & de la Paix?....

Mais quel nouveau Rayon plus lumineux encore,
Porte au fond de mon ame un Jour qui la dévore;
Jour affreux, Jour qui luit pour ma confufion,
Et qui m'offre à mes yeux, exempt d'Illufion?

Contente, tu le dois, ta Juftice fuprême,
Seigneur, force l'Impie à s'accufer lui-même.
Force moi, Dieu jaloux, d'allumer ta fureur,
En découvrant ici, la Lépre de mon cœur.

Je vois de la Vertu la Route abandonnée,
Et de mes attentats la fource empoifonnée.
Oui, de mes Paffions l'importune Clameur,
Du Doute dans mon Ame a caufé la Rumeur,
Etourdi ma Raifon, & fomenté fans ceffe,
De la chair & du fang, la dangéreufe yvreffe.

Quels travaux m'a-t-on vû confacrer jour & nuit,
A m'inftruire du fort où le Trépas conduit?
De la Religion ai-je fait une étude,
Où le Scrupule admît la même Rectitude
Que j'employai cent fois, le Compas à la main,
Pour ravir ces Talens, chers à l'Efprit humain,
Ecarter loin de moi, l'Indigence importune,
Et fçavoir fur mes pas, enchaîner la Fortune?
Pour les Biens temporels, quelle fagacité!
Pour les Biens éternels, quelle ftupidité!
Ici, que de Langueur! Là, que de Vigilance!
Quelle inégalité de Poids & de Balance!

Sous l'Incredulité je mettois à l'abri,
D'un cœur voluptueux, le défordre cheri.
J'éloignois avec foin, par de rebelles armes,
Ce qui dans cet Afyle, eût porté les allarmes.

J'étouffois des Remords le prompt soulevement.
Le Privilege acquis de penser librement,
D'élever mon Esprit au-dessus de la Crainte,
De suivre mes Penchans, de bannir la contrainte,
Enchantoit ma Raison, & m'inspiroit soudain,
Pour un Culte gênant, un orgueilleux Dédain.
Si du Ciel tout à coup, une flâme sortie,
Ranimoit de la Foi, la semence amortie,
Du torrent des Plaisirs, le cours impétueux,
Emportoit aussi-tôt, ce germe vertueux.

Il m'en eût trop coûté, dans mes fausses Délices,
Pour mettre les Vertus à la place des Vices.
Avare, il m'eût fallu devenir libéral,
Du tort fait au Prochain, réparer tout le mal,
Fuir & l'Intempérance, & l'Orgueil, & le Faste,
Et me rendre à la fois, Sobre, Modeste & Chaste.

Il m'en eût trop coûté, dans mon fougueux transport,
Pour me voir enlever le titre d'Esprit fort.
A la Religion dévoué, plus docile,
Ce superbe Elephant n'eut été qu'un Reptile.
Au stupide Vulgaire on m'auroit comparé,
Parallele offensant, qui m'eût deshonoré.
Tu le sçais, Dieu vengeur! Cette honte insensée,
Je l'a redoutois plus, que ta foudre lancée.
Ainsi toûjours en butte aux Vents de mon orgueil,
La Vérité par tout, rencontroit un Ecueil.

Mon cœur plus endurci devenu plus coupable,
Dans un égarement, hélas! si déplorable,
Je ne consultai plus que l'Intérêt affreux,
D'éteindre de la Foi, le flambeau lumineux:
Je déclarai la Guerre à qui vouloit me vaincre,
A ces Ecrits fameux, tracés pour me convaincre,
Des tristes vérités d'une Religion,
Toûjours trop formidable à ma rebellion;
Non, je n'en pouvois plus supporter la pensée;
Pour la croire, mon cœur l'avoit trop offensée:
Elle ne m'offroit plus que Tourmens mérités,
Et je la punissois de mes Iniquités;
De Sophismes errans je formois un Orage,
Et triomphant au Port, contemplois son Naufrage.

Mais c'est le mien, Grand Dieu, qu'ici tu me fais voir.
La Foudre va partir, & je n'ai plus d'espoir.
Les Temps sont arrivés, le Moment effroyable,
Où d'un saint Repentir l'ame n'est plus capable.

Seigneur, ajoûtera cet Incredule enfin,
Avant que ton courroux consomme mon Destin,
Avant que dans les feux me plonge le Tonnerre,
Pour les en préserver permets que sur la Terre,
Je reparoisse * encore aux yeux de ces mortels,
Déserteurs, comme moi, de tes sacrés Autels,

* *Si qui ex mortuis ierit , penitentiam agent.* **L. Cap.** 16.

Et qu'éclairé trop tard, je puisse dans leur ame,
Allumer assez tôt, une céleste flâme ;
Les sauver de l'abîme, où m'a précipité
Le même aveuglement, la même impieté.
Que mon, exemple affreux en tarisse la source.
Il dira : Mais, Grand Dieu ! quelle est cette ressource ?
Qu'ose-t-il demander dans son vain repentir ?
Tout l'Olympe en tremblant, te voit lui repartir.
N'ont-ils pas de mes Loix les sacrés interpretes ?
N'ont-ils * pas dans leurs mains, Moyse, les Prophetes ?
Ils ont bien plus. Ils ont mon adorable Fils,
Sa divine Parole & ses Faits inoüis,
A leurs moindres desirs sa suprême Assistance.
Ils ont le Ver rongeur de leur Impénitence :
J'ai fait assez pour eux. Ennemis de la Foi,
Ils feront au Grand Jour convaincus comme toi.
Ils feront convaincus par ces remords funestes,
Fruit de l'Impieté qu'aujourd'hui tu détestes ;
Ils feront convaincus, en partageant ces Feux,
Qui t'ouvrent à l'instant le Gouffre ténebreux,
Ces Feux, que tu verras toûjours se reproduire,
Toûjours te consumer, sans jamais te détruire.

* *Habent Moyses & Prophetas, audiant illos. L. Cap. 16.*

Regiftré fur le Livre de la Communauté des Libraires & Imprimeurs de Paris, N°. 2191. conformément aux Reglemens, & notamment à l'Arrêt de la Cour du Parlement du 3. Decembre 1705. A Paris le 9 Juillet 1743. SAUGRAIN, Syndic.

Vû l'Approbation. Permis d'Imprimer. Ce 7 Juin 1743.
MARVILLE.